Carl Weiser

Pope's Einfluss auf Byron's Jugenddichtungen

Antigonos

Carl Weiser

Pope's Einfluss auf Byron's Jugenddichtungen

Unveränderter Nachdruck der Originalausgabe von 1877.

1. Auflage 2024 | ISBN: 978-3-38641-287-2

Antigonos Verlag ist ein Imprint der Outlook Verlagsgesellschaft mbH.

Verlag: Outlook Verlag GmbH, Zeilweg 44, 60439 Frankfurt, Deutschland
Vertretungsberechtigt: E. Roepke, Zeilweg 44, 60439 Frankfurt, Deutschland
Druck: Libri Plureos GmbH, Friedensallee 273, 22763 Hamburg, Deutschland

POPE'S EINFLUSS

AUF BYRON'S JUGENDDICHTUNGEN.

INAUGURAL-DISSERTATION

ZUR

ERLANGUNG DER PHILOSOPHISCHEN DOCTORWÜRDE

BEI DER

UNIVERSITÄT LEIPZIG

VON

CARL WEISER

AUS CZERNOWITZ.

HALLE 1877.

DRUCK VON E. KARRAS.

Es ist wol schon seit lange eine von englischen sowol als
nichtenglischen kritikern anerkannte tatsache, dass Byron, der
im allgemeinen zu den originellsten dichtern gehört, in seinen
jugendschriften — bewust oder unbewust — grossenteils nachahmungen heimischer und ausländischer klassiker lieferte. Die
kritik unserer zeit hat längst aufgehört, derlei nachahmungen
einem dichter vorzuwerfen, wenn er nur später bewies, dass
er auch originelles und schönes schaffen könne. Besonders die
alten sind es, deren studium in der neuzeit bereits soweit in
fleisch und blut der denkenden menschheit übergegangen ist,
dass nachbildungen derselben kaum mehr als solche empfun-
den werden. Weniger werden schon nachahmungen neuerer
klassiker nachgesehen, und der nachweis hiervon selten dem
dichter geschenkt. Um so auffälliger muss es daher erscheinen,
dass sich bis heute kein kritiker der aufgabe unterzogen hat,
zu untersuchen, ob und wie weit eine nachahmung neuerer
muster bei einem dichter vom range Byron's vorliegt. Zum
teil erklärt sich dies daraus, dass die hohe schönheit und
zweifellose originalität der mehrzahl der reifern dichtungen die
früheren verdunkelte, daher es lohnender erschien, zur erwei-
terung des verständnisses jener beizutragen, als nach der
grössern oder geringern originalität dieser, nur zum kleinen
teile wertvollen poesien zu forschen. Wie aber das leben,
wachsen und gedeihen der entwickelten pflanze unverständlich
ist, so lange beschaffenheit und nahrungsquellen der wurzel
nicht ergründet sind, ebenso wird ein vollkommenes verständ-
nis der reifern werke eines dichters erst durch das studium
seiner ersten geistigen entwicklung und jugendschriften er-

möglicht. Jene lässt sich bei Byron nach den sowol von ihm
selbst als von seinen zeitgenossen zahlreich vorliegenden auf-
zeichnungen verfolgen, und das um so leichter, da diese eben
durch den biographen Byron's, Thomas Moore, chronologisch
und übersichtlich geordnet sind; die beurteilung der jugendschriften aber verlangt ein aufmerksames durcharbeiten derselben, wie auch der in ihnen nachgeahmten werke älterer
und neuerer dichter. Hieraus ergibt sich dann, dass von antiken schöpfungen keine von einiger bedeutung Byron fremd
war: Virgil und Homer, Catull, Tibull und Horaz, Euripides,
Aeschylos und Anacreon finden wir angeführt und nachgeahmt.
Von neueren dichtern sind es jedoch, trotz ausserordentlicher
belesenheit in in- und ausländischer literatur nur wenige, deren
studium Byron in seiner jugend bis zur nachahmung verfolgt
hätte; ein dramatischer, ein lyrischer und ein epischer dichter:
Shakespeare, Moore und Pope.

Shakespeare ist am wenigsten benutzt und das aus zwei
gründen: erstens hatte Byron anerkanntermassen kein drama-
tisches talent; zweitens widerstrebte es seinem eigenartigen
charakter, das vorbild aller auch zu dem seinen zu machen.
Nebenbei tritt der Shakespearesche einfluss so allgemein bei
den später geborenen dichtern Englands auf, dass er eben so
wenig wie der altclassische sich bei den einzelnen nachweisen
lässt. Moore wird schon mehr nachgeahmt, aber erstens nur
teilweise, nämlich in den lyrischen gedichten — und selbst in
diesen nicht durchweg, da das verschiedene temperament die
beiden dichter zumeist auf verschiedene bahnen führte [1] —,
zweitens versteckt, weil Byron dem zeitgeist huldigte, der Moore
zwar als dichter vergötterte, aber wegen seiner lascivität an-
griff. Am meisten und offenbarsten aber Pope, dessen einfluss
sich nicht nur in den poesien Byron's durchweg geltend
machte, sondern auch das denken und fühlen Byron's be-
herscht hat.

Andere hervorragende englische dichter, wie Chaucer,
Spenser, Milton, Dryden finden wir wol auch anerkannt und
verehrt, aber nicht ganz vorurteilsfrei, sondern im Popeschen
lichte, nach Popescher kritik und moral, einer tugend, deren

---

[1] Moore ist auch patriotisch, Byron nur erotisch, zum mindesten
egoistisch in seiner lyrik.

stätes verteidigen seitens des eher unmoralischen Byron schon
auf Pope, den moraldichter par excellence, hinweist. [1])

Der nachweis des einflusses Pope's, als ethischen denkers,
auf Byron ist jedoch von mehr psychologischem interesse; den
literarischen einfluss des dichters Pope auf die jugenddichtungen
Byron's nachzuweisen ist aufgabe dieser abhandlung.

[1]) Den einfluss Scott's auf Byron, der bis zur stunde ebenso wie
derjenige Pope's unterschätzt wurde, macht sich erst im 'Giaur' geltend.
Ein genaues eingehen auf diese behauptung würde hier zu weit führen;
es genüge auf den bis dahin Byron fremden vierfüssigen jambus (abgesehen von kleineren gedichten) hinzuweisen und aus der legion ähnlicher stellen die folgenden hervorzuheben:

> '. . . . . . . but ere he passed
> One glance he snatch'd as if his last
> A moment checked his wheeling steed,
> A moment breathed him from his speed,
> A moment on his stirrup stood . . . . .'
>
> Byron, Giaur.

> ' A moment gazed adown the dale
> A moment snuff'd the tainted gale
> A moment listen'd to the cry.'
>
> Scott, The Lady of the Lake.

I.

Welche dichtungen Byron's sind als jugendschöpfungen zu bezeichnen, und wie äussert sich im allgemeinen der einfluss Pope's auf dieselben?

Die erste frage wird gewönlich dahin beantwortet, dass mit der ersten abreise von England die periode originellen schaffens bei Byron beginne; doch ist dies nur insofern richtig, als die während seiner reise in den orient geschriebenen zwei ersten gesänge des 'Childe Harold' wirklich schon den stempel der meisterschaft tragen. Aber die gleichzeitig mit diesen verfassten, nur viel später gedruckten satiren 'Hints from Horace', 'Curse of Minerva' und (zwei jahre darauf) 'the Waltz' bilden gerade mit den 1807 und 1808 veröffentlichten 'Hours of Idleness' und 'English Bards and Scotch Reviewers' jene gruppe von dichtungen, die ihrer unfertigkeit und geringeren originalität halber als jugenddichtungen bezeichnet werden müssen.

Die 'Hours of Idleness' sind eine sammlung von gedichten, von denen manche bis in das knabenalter des dichters zurückreichen, doch aber schon eine menge von vielversprechenden schönheiten zeigen. Schon ihr weiterer titel: 'A series of poems, original and translated' verrät, dass man nicht an alle den massstab der originalität anlegen dürfe. Treffend beurteilt sie Byron's grosser zeitgenosse Scott im gegensatze zu der bekannten misgünstigen kritik in der 'Edinburgh Review' folgendermassen: 'Sie waren, wie alle jugenddichtungen, mehr aus der erinnerung an das, was dem autor bei andern gefallen hatte, als aus eigener schöpfungskraft geschrieben; trotzdem enthielten sie nach meinem urteil so manche vielversprechende stelle.' — Ihre weitern schicksale sind bekannt.

Die satire 'English Bards and Scotch Reviewers' erschien als entgegnung auf die schon erwähnte kritik in der 'Edinburgh Review' und ist weitaus die wertvollste aller dichtungen dieser periode; ärger und verletzter stolz verleihen ihr ein von den andern abstechendes originelles gepräge, und es ist nur zu beklagen, dass der mit ihr erzielte erfolg den dichter auf die seinem genius minder zusagende bahn der satire führte. Je mehr die spöttische aufnahme seiner zum grössern teile lyrischen 'Hours of Idleness' mit dem ungeteilten beifall, welcher der satire zu teil ward, im widerspruche stand, um so mehr glaubte Byron sich zu dieser befähigt und berufen.

Schon die nächste satire 'Hints from Horace' zeigt einen gewaltigen rückschritt. Ihre kritische beleuchtung gehört nicht in dieses kapitel, nur ihrer schicksale sei hier kurz gedacht. Sie datiert ihrem ganzen umfange nach — wenn wir dem autor glauben schenken wollen — von einem tage, dem 12. März 1811 und zwar aus dem Capuchin convent in Athen. Im sommer nach England zurückgekehrt, übergab sie Byron seinem freunde Dallas zum drucke mit dem bemerken, es sei eine fortsetzung zu den 'English Bards and Scotch Reviewers' in der form einer paraphrase der Horazischen 'Ars poetica'. 'Er sagte, er halte die satire für seine force und verspreche sich wachsen seines ruhmes von ihr', teilt uns derselbe Dallas mit.[1]) Auf drängen seiner freunde liess sich aber Byron bewegen, zunächst die zwei ersten gesänge des 'Childe Harold' herauszugeben, und diese drängten die satire in den hintergrund. Schon im herbste finden wir sie nur noch beiläufig erwähnt; neun jahre darauf denkt Byron wieder an ihre veröffentlichung, aber erst nach seinem tode kam diese zu stande (1831).

Die dritte satire 'Curse of Minerva' erfuhr ein ähnliches schicksal. Hervorgerufen im jahre 1811 durch die nur zu gerechte entrüstung Byron's über den schacher mit griechischen altertümern, wurde sie bald fallen gelassen, um anstoss zu vermeiden, und nur teile derselben erblickten während der

---

[1]) Moore, Life of Byron p. 121.

lebenszeit des dichters das licht der öffentlichkeit. Sie steht
an bedeutung zwischen den beiden ersten.

'The Waltz' endlich, wie der 'Curse of Minerva' eine politische satire, im gegensatz zu den beiden literarischen, über-
trifft alle drei vorangegangenen und ist zugleich die einzige
ächte satire, die Byron geschrieben, durch den mangel an persönlichen ausfällen und die stets gleiche lebhaftigkeit die
früheren überragend. Sie bildet den übergang zu der besten
periode im schaffen Byron's und datiert aus dem jahre 1813.

Keine der hier besprochenen dichtungen ist, wie schon
bemerkt, durchaus originell. Den einfluss Alexander Pope's
auf dieselben werden wir nachweisen: erstens durch die mehr
oder minder hervortretende ähnlichkeit einzelner dichtungen;
diese ist entweder eine innerliche, indem Byron den Popeschen
gedankengang aufnimmt und in nicht abweichender weise aus-
spinnt, oder eine äusserliche mehr in form und reim hervortretende; — zweitens durch die stets wachsende anerkennung,
ja überschätzung seitens Byron's selbst, sei es nun direct in
conversation, briefen und journalen, oder indirect durch öftere
citate und verteidigung Popescher sentenzen.

Der erste teil der beweisführung bewegt sich mehr auf
concretem, der zweite mehr auf abstractem gebiete; keiner von
beiden ist ohne den andern vollkommen zureichend. Denn er-
wägt man den unterschied in der zeit der geburt (um genau
100 jahre), in den verhältnissen der familie und des staates,
in der erziehung und den anlagen, in der lebensdauer und den
schicksalen beider dichter einerseits, und zwischen tendenz,
richtung und form ihrer reifern dichtungen anderseits, so er-
scheint die trennende kluft zu gross, das factum einer nachahmung zu unwahrscheinlich, als dass ein einseitiger beweis
genügen könnte.

II.

Ordnen wir die jugenddichtungen Byron's nach dem grade
ihrer originalität, so nimmt die satire 'Hints from Horace' die
unterste stufe ein, und zwar ist es der 'Essay on Criticism'
von Pope, dessen nachahmung hier vorliegt.

Sehen wir vorerst von fremdem urteile über die 'Hints
from Horace' ab und fassen das des dichters selbst ins auge.
Erst bezeichnet er die satire als eine paraphrase der Horaz-

schen dichtung, gleich darauf aber nur noch als an dieselbe
anklingend. Sie ist das eine wol eben so wenig als das
andere: eine paraphrase wol, aber ebensogut der Boileauschen,
Batteuxschen oder irgend einer Ars poetica, wie der Horaz-
schen; eine 'anspielung', ja, aber nicht auf Horaz, sondern auf
die englische literatur, die englische gesellschaft. Der kern
und, abgesehen von der aufeinanderfolge der thesen, auch die
form, d. i. structur und reim der verse, ist Pope entnommen.
— 'Ich habe nicht einen freund auf der welt', schreibt der
dichter im herbste 1811 nach London[1]), 'der das Latein des
Horaz oder mein Englisch gut genug construieren könnte, um
es dem drucke anzupassen'; ein armutszeugnis, das allein
schlagend beweist, wie wenig eigenes die dichtung enthält.
Kurz, die 'Hints from Horace' sind ein mittelding zwischen
kunstlehre und spottgedicht (auf die heimischen verhältnisse),
das nur insofern beachtung verdient, als es zeigt, wie viel und
wie ausschliesslich Byron aus Pope schöpfte.

Auf die bedeutung des 'Essay on Criticism' als dichtung
und kunstlehre an und für sich einzugehen, liegt nicht im
rahmen dieser abhandlung. Es kann aber auch das verhältnis
zwischen ihm und der Art poétique von Boileau hier nicht erörtert werden[2]); nur in so weit muss diese letztere hier mit
berücksichtigt werden, als sich direkte anklänge an dieselbe
auffinden lassen, — obwol es unentschieden gelassen werden
muss, ob Byron sie in den betreffenden stellen vor augen hatte.

Gehen wir nun zum eigentlichen vergleiche der beiden
dichtungen von Pope und Byron über, so dürfen wir vor allem
nicht daran anstoss nehmen, dass ihr inhalt nicht identisch,
sondern nur verwant ist; gelten doch im allgemeinen alle
regeln einer guten kritik auch für die dichtkunst (soweit hier
überhaupt von regeln die rede sein kann), und umgekehrt.
'Both must alike from heaven derive their light.' Im einzelnen
freilich sind kritik und dichtkunst wieder so verschieden, dass
sich der vergleich nicht weiter ausdehnen lässt.

Was den umfang der beiden dichtungen betrifft, so diffe-
rieren sie nur etwa um 30 verse: 770 hat die Popesche, 800

---

[1]) 13. October 1811. Brief an Mr. Hodgson.

[2]) Eine aufgabe, der übrigens neuestens dr. Deetz in Deutschland
gerecht wurde im 'Alexander Pope; ein beitrag zur litteraturgeschichte
des XVIII. jhds.' Leipzig 1876.

die Byronsche. — Vergegenwärtigen wir uns nun den inhalt
derselben: Der 'Essay on Criticism' — bekanntlich die jugend-
arbeit Pope's, die seinen ruhm begründete — zerfällt in drei
teile: im ersten wird das verhältnis der dichtung zur kritik
und die unbedingten erfordernisse der letzteren erörtert; diese
sind in kurzem: masshalten, guter geschmack, studium der
alten und der natur. Der zweite teil handelt von den ur-
sachen, die eine schlechte kritik hervorbringen, als: mangel-
haftes wissen, kleinlichkeit, unredlichkeit, parteilichkeit, vor-
urteile, neid. Der dritte teil endlich zeigt uns den kritiker
von seiner besten und von seiner schlechtesten seite und
schliesst mit einer aufzählung mustergültiger kritiker.

Die 'Hints from Horace' leiden vor allem am mangel
einer strengen gliederung, die gerade ein hauptvorzug der
Popeschen dichtung ist; kein einheitlicher gedanke hält die
willkürlich und lose geordneten grundsätze zusammen. Als
fehler in der dichtkunst zählen sie auf: ungereimtheit, unwahr-
scheinlichkeit (vor der nicht weniger als dreimal gewarnt wird),
kleinlichkeit, festhalten an der schablone, überladung; als vorzüge: einfachheit, klarheit, masshalten und festhalten des
themas, belesenheit, gefühlvolle sprache; als vorschriften, bald
allgemeiner, bald besonderer art, je nachdem die dichtkunst
als ganzes oder teile derselben besprochen werden: 'studiere
die alten, verbinde kunst und natur, witz und bildung, licht
und schatten, suche zu gefallen oder zu bessern; ahme grosse
dichter nach — folgt die aufzählung einzelner —, wähle den
heldenvers für das erhabene, die stanze für die elegie, ver-
suche dich nicht in idyllen, nimm rücksicht auf die menge und
— verfolge stümper!' Von den eingeflochtenen anspielungen
bezieht sich die eine auf den verstorbenen vater des dichters,
die andere auf die englische gesellschaft.

Schon aus der allgemeinen ähnlichkeit, die im inhalt in
der obigen gegenüberstellung hervortritt, liesse sich, wenn
Pope's dichtung die einzige auf diesem gebiete vorangegangne
wäre, auf nachahmung der ältern durch die jüngere schliessen;
klar wird diese durch den vergleich einzelner, prägnanter ab-
schnitte:

1) P.: *First follow nature ...*   *vs.* 68.
   At once the source, and end, and test of art.   „ 73.

B.: *All persons please, when nature's voice prevails.*   *vs.* 167.
Study natures page.

2) P.: *Lanch not beyond your depth, but be discreet.*   „ 50.
Narrow (is) human wit.   „ 61.

B.: *Suit your topics to your strength,*   „ 59.
And ponder well your subject and its length.   „ 60.

3) P.: *Know well each Ancient's proper character;*   „ 119.
Read them by day, and meditate by night.   „ 125.

B.:   *Never cease*   „ 423.
By day and night to read the works of Greece   „ 424.

4) P.: *Some figures monstrous and misshap'd appear*   „ 171.
Consider'd singly, or beheld too near.   „ 172.

B.:   *Some stand . .* „ 571.
The critic eye and please when near at hand   „ 572.
But others at a distance strike the sight.   „ 573.

5) P.: *A little learning is a dang'rous thing.*   „ 215.
Drink deep, or taste not the Pierian spring.   „ 216.

B.: *You must be last or first!*   „ 586.
For middling poets' miserable volumes   „ 587.
Are damn'd . . .   „ 588.

6) P.: *Survey the whole, nor seek slight faults to find.* „ 235.
Where nature moves, and rapture warms the mind. „ 236.

B.: *Where frequent beauties strike the readers view,* „ 557.
We must not quarrel for a blot or two.   „ 558.

7) P.: *True ease in writing comes from art not chance.* „ 362.
B.: *Besides all this must have some genius too.*   „ 652.

8) P.: *(Wit is) the owner's wife, that other men enjoy.* „ 501.
B.: *And blunt myself, give edge to others, steel.*   „ 486.

9) P.: *Thus Pegasus, a nearer way to take,*   „ 150.
May boldly deviate from the common track.   „ 151.

B.: *Then fear not, if 't is needful, to produce*   „ 73.
Some term unknown . . .   „ 74.

10) P.: *We think our fathers fools, so wise we grow.*   „ 438.
B.: *It will not do, to call our fathers fools.*   „ 432.

11) P.: *Words are like leaves . . .*   „ 309.
B.: *As forests shed their foliage by degrees.*   „ 89.

Es braucht wol nicht betont zu werden, dass die angeführten stellen das vergleichsmaterial noch nicht erschöpfen; aber dieselben genügen für den nachweis, wie viel und wie offen Byron aus Pope schöpfte; nicht einmal bis zur umschrei-

---

¹) Boileau: *Que la nature donc soit votre étude unique.*
²) Boileau: *Consulter longtemps votre esprit et vos forces.*
³) Boileau: *Que leur tendres écrits, par les Graces dictés,*
    Ne quittent point vos mains, jour et nuit feuilletés.
⁵) Boileau: *Il n'est point de degrès du mediocre au pire.*

bung des sinnes geht er in manchen fällen, sondern begnügt sich mit der umstellung der worte, wie in 10.[1]) Auch anklänge an andere dichtungen Pope's, vorzüglich an den prolog zu den satiren finden sich zahlreich vor; es sei hier nur einer hervorgehoben, weniger um ein neues argument hinzuzufügen, als um auf die schleuderhaftigkeit der commentare zu Byron's werken hinzuweisen. Zur stelle in den Hints:

> 12) '*Or, in advent'rous numbers, neatly aims*   vs. 29.
> *To paint a rainbow, or — the river Thames.*'   „ 30.

citieren sie nämlich alle gleich: '*Where pure description held the place of sense*', statt: *while* etc.; ein beweis, dass auch nicht einer der herausgeber sich die mühe nahm, Pope nachzuschlagen. Aehnlich zu misbilligen ist die manier, stellen aus Pope ohne angabe der dichtung anzuführen, was, da es bei andern autoren geschieht, auf geringschätzung schliessen lässt.

Ob auch Byron Boileau vorgeschwebt haben mag, muss, wie schon gesagt, unentschieden gelassen werden; an manchen stellen ist es die wahl der worte, die es wahrscheinlich erscheinen lässt, wie z. b. in den absätzen, die das gefühl in der dichtung zum inhalte haben:

> Byr. v. 137: *T'is not enough, ye bards, with all your art,*
> *To polish poems; they must touch the heart.*
> Boileau: *Le secret est d'abord de plaire et de toucher.*

Auch die warnung vor unwahrscheinlichkeiten bringen beide in ähnlicher weise und mehrmals. — Jedenfalls ist die entscheidung dieser frage ohne weitern belang; dass Pope Byron mehr galt als Boileau, finden wir in einer note zu den Hints von Byron selbst bestätigt; es heisst dort betreffs der verschiedenen meinungen über die bekannte strittige stelle im Horaz [2]): 'Ein besserer dichter als Boileau und zum mindesten so guter dichter wie Sévigné, sagte u. s. w.'

Ueber das formelle verhältnis der dichtungen wird noch gesprochen werden. Gehen wir nun zu der nächsten satire — nach dem grade der originalität — 'Curse of Minerva' über.

Wollte man bei diesem gedichte nach dem umfange urteilen, so müste man es als nahezu originell anerkennen; denn nur ein kleiner abschnitt des 312 verse zählenden gedichts ist

---

[1]) Vgl. noch pag. 272 anmerkung. I.

[2]) '*Difficile est proprie communia dicere: tuque* . . . . .'

nachgeahmt. Aber gerade dieser kurze abschnitt, in der zweiten ansprache Minervas enthalten, fasst den eigentlichen kern des gedichtes in sich, was schon daraus hervorgeht, dass er in den ersten auflagen auf des dichters eigenen wunsch weggelassen wurde, und zwar, um anstoss in der englischen gesellschaft, die darin verspottet und angegriffen wird, zu vermeiden. Die alte erbleidenschaft der Engländer, der handel, die sucht nach geld, ist das eigentliche thema der satire, der rest derselben nur glossen zu diesem; selbst der einwand, den Byron sich selbst macht — er, lord Elgin, der urheber des schon angedeuteten schachers, war ein Schotte — dient nur dazu, um später noch herber die Engländer zu geisseln. — Den gleichen kern, nur in anderer entwicklung, hat aber auch Pope's epistle an lord Bathurst 'Of the use of riches', besser bekannt als dritter 'Moral Essay'; und es bedürfte gar nicht des nebenumstandes, dass die Popesche moral jederzeit das vorbild Byron's war, um die imitation herauszufinden. Eine kurze inhaltsschilderung wird das ähnliche im wesen und zweck der beiden dichtungen klar machen.

Pope ergeht sich zuerst in einer betrachtung über die ungerechte, oder nach seiner moral nur ungleiche verteilung des geldes und dessen, wie des jüngst eingeführten papiergeldes, (v. 48 ff.), einfluss und gewalt:

> *A leaf . . . . sells a king or buys a queen.*
> v. 123: *Wise Peter sees the world's respect for gold,*
> *And therefore hopes, this nation may be sold.*

und warnt dann vor dem furchtbaren schicksale, das die fortschreitende verderbnis und geldpolitik herbeiführen könne: staatsmänner und peers, richter, senatoren und bischöfe seien dem schacher und der bestechung ergeben; ganz England in gewinnsucht versunken, handwerk und ackerbau darniederliegend, der politische einfluss in stetiger abnahme.

Byrons 'Curse of Minerva' beginnt mit einer hochpoetischen beschreibung der denkwürdigen stätten um Athen und geht dann in ein zwiegespräch zwischen dichter und göttin über, dessen hauptinhalt schon angedeutet wurde. Pallas klagt erst über die von einem seines volkes angerichtete verwüstung auf dem ihr heiligen boden und geht, unbeachtet seines einwurfs, Schotten und Engländer seien nicht ein volk, erstlich zum spott über den schwächlichen menschenschlag, dann zur

verwünschung des übeltäters und seiner nation über. Das bild
das hier von der gegenwart entworfen wird, gleicht in den
hauptzügen ganz dem von Pope 90 jahre vorher prophezeiten,
nur modificiert in bezug auf die politischen vorgänge.[1]) Hier
gipfelt die darstellung erst im ausrufe: *'Whose noblest native
gusto is to sell!'* und dann in der directen paraphrase des bekannten Popeschen ausspruchs im erwähnten essay v. 39:

> *'Blest paper-credit! last and best supply!*
> *That lends corruption lighter wings to fly.'*

nämlich: *'Blest paper credit! who shall dare to sing?*
> *It clogs like lead corruption's weary wing.'*   v. 245 ff.

Beachtenswert für das factum der nachahmung ist noch
der sonst bei Byron ungebräuchliche[2]) dialog in der satire,
wie auch das wiederholen gleicher worte wie *bale, bribe, en-
cumber* in ähnlichen wendungen; das letztgenannte kommt
sogar nur das eine mal in Byron's jugendschriften[3]) vor.

Verlassen wir nun das gebiet der satire und gehen zur
ersten jugenddichtung Byron's über, den 'Hours of Idleness'.
Wenn diese erst hier ihren platz findet, so geschieht dies, weil
Byron auf lyrischem gebiete — dem die mehrzahl der gedichte in dieser sammlung angehören — sich auf weit origi-
nelleren bahnen bewegte. Die sammlung umfasst 71 gedichte,
zumeist kleineren umfanges, daher die versezahl sich nur auf
circa 1600 beläuft; zwölf hiervon sind antiken mustern, eines
Ossian, und eines einem französischen vorbilde nachgeahmt
und übersetzt; von den übrigen ist die grössere hälfte originell,
die kleinere andern englischen mustern nachgebildet. — Es
würde uns jedoch zu weit führen, für jedes minder originelle
dieser gedichte das muster bestimmen zu wollen; bei der zu-
sammenhangslosigkeit, zeitlichen und metrischen verschieden-
heit und willkürlichen folge der einzelnen gedichte wäre dies
eine ebenso langwierige als zwecklose mühe, um so mehr, als

---

[1]) Vorgänge, die übrigens in bezug auf England viel verwantes
mit denen zur zeit Pope's haben; denn zu anfang des XVIII. wie des
XIX. jhds. kämpfte England mit geld, feldherren und dann auch mit
truppen gegen Frankreich.

[2]) Abgesehen von der unbedeutenden literarischen ecloge 'The
Blues'.

[3]) Vielleicht sogar in sämmtlichen schriften; auch bei Pope lässt
sich nur das negativum *'uncumber'* weiter belegen.

ein positives resultat nicht immer zu erzielen wäre. Unsere untersuchung wird sich daher nur auf diejenigen gedichte beschränken, in denen der Popesche einfluss nachweisbar ist.

'Adrian's adress to his soul.' — Dieses kleine nur sechszeilige gedicht ist zwar von vornherein als übersetzung aus dem Lateinischen angekündigt; aber, was anders könnte Byron zur übertragung dieses unbedeutenden ausspruchs kaiser Hadrians veranlasst haben, als gerade das interesse, welches Pope daran gefunden und das sich sowol in einer zweimaligen metrischen übersetzung[1]), als auch in seinen briefen an Mr. Steele kundgibt. Bei der kürze des gedichts und dem vorliegen des lateinischen originals ist wol eine gegenüberstellung einzelner verse unnötig; dass Byron die übertragung nach Popeschem muster lieferte, erhellt deutlich allein schon aus der gleichen wiedergabe der ins englische unübersetzbaren diminutiva (*vagula, blandula, pallidula* etc.) durch participia.

Mehr beachtung als dieses gedicht erheischt das zwei jahre später, 1806 geschriebene 'The prayer of nature', schon deshalb, weil sich der früh entwickelte scepticismus in Byron's weltanschauung deutlich in demselben ausspricht. Schon sein titel weist auf das als 'The universal prayer' bekannte gedicht Pope's, hin, denn 'universum, natur, Gott' etc. sind doch nur verschiedene benennungen e i n e s begriffs. Doch soll hier keineswegs ein weiter gehender vergleich zwischen den weltanschauungen beider dichter gezogen werden; — übrigens eine sehr lohnende aufgabe, nur bedeutend erschwert durch die schon an anderer stelle hervorgehobenen verschiedenheiten. Bloss der nachweis der nachahmung in rein literarischer hinsicht ist im folgenden beabsichtigt.

'Vater des all', beginnt Pope, *'zeige mir den unterschied des guten vom bösen; eher als die hölle zu fürchten oder nach dem himmel zu streben, lehre mich recht handeln; darf der mensch sich deine gewalt anmassen, andere zu verdammen?'*

'Vater des lichts', beginnt Byron, *'erleuchte und zeige mir den pfad der wahrheit; ist es möglich, dass nur e i n glaube zum himmel berechtigt, jeder andere zur hölle führe; kann glaube schuld sühnen? Dir vertraut meine seele, unsterblich oder sterblich.'*

Die hier hervorgehobenen grundideen beider gebete stimmen augenscheinlich überein. Gottvertrauen und toleranz sind

---

[1]) Abgesehen von einer dritten in prosa. Vgl. Pope an Steele, 7. november 1712.

die hauptpunkte. Da diese übereinstimmung allein aber noch nicht die nachahmung bedingt, ist es notwendig, durch gegenüberstellung der bezeichnendsten stellen im texte den nachweis zu ergänzen:

> 1. P.: *To thee, whose temple is all space,*
> *Whose altar earth, sea, skies —*
> B.: *Thy temple is the face of day;*
> *Earth, ocean, heaven, thy boundless throne.*

Selbst der holperige rythmus ist beiden stellen gemein.

> 2. P.: *Let not this weak, unknowing hand*
> *Presume thy bolts to throw,*
> *And deal damnation round the land*
> *On each I judge thy foe.,*
> B.: *Shall man condemn his race to hell,*
> *Unless they bend in pompous form? —*
> *Shall each pretend to reach the skies*
> *Yet doom his brother to expire,*
> *Whose soul a different hope supplies?*

Vgl. auch Pope 'Essay on Man':

> *For modes of faith let graceless zealots fight.*
> 3. P.: *And let thy will be done.*
> B.: *By thy command I raise or fall.*

Vergleiche noch:

> Pope, I. Epistle: *Of no sect am I.*
> Byron: *No shrine I seek, no sects unknown.*

Endlich sei noch auf die formelle ähnlichkeit, vierzeilige strophen in vierfüssigen jamben, hingewiesen.

Wie das eben besprochene gedicht 'prayer of nature' Byron's religiöse weltanschauung (sc. in der jugend) ausdrückt, so die 'lines to Becher' seine socialen ansichten: ehrgeiz und der wunsch nach ruhm, aber demungeachtet misachtung weltlicher titel und auszeichnungen, güter und stellen; streben seinem volke zu nützen, aber zurückgezogen von der gesellschaft — lauter scheinbare widersprüche, die wir aber gerade in Pope vereint finden, der hier, wie sonst, das vorbild Byron's war.

Weiter den vergleich auszudehnen ist bei der popularität beider dichter unnötig; es genügt für unsern zweck, zu den bedeutsamsten stellen des obbenannten gedichtes analogieen in Pope's werken nachzuweisen. Wir finden solche an verschiedenen stellen; so in dem leider verstümmelt uns erhaltenen gedichte: 'a farewell to London', das den wunsch nach zurückgezogenheit und misachtung der gunst des hofes atmet:

Why make I friendship with the great,
When I no favour seek?
B.: *To me what is title? The phantom of power.*
To me what is fashion? I seek but renown.

Leider bricht das Popesche gedicht bei der citierten stelle ab und ist daher ein weiterer vergleich ausgeschlossen. Noch lebhaftere anklänge finden wir an die zweite satire nach Horazischem muster; man vergleiche:

P.: *What's property? dear Swift, you see it alter . . . . .*
The chancery takes your rents for twenty years.
Who thinks, that fortune cannot change her mind.
B.: *To me what is wealth? It may pass in an hour*
If tyrants prevail, or if fortune should frown. —

Wie man sieht, ganz der gleiche gedankengang, nur in etwas milderem ausdrucke bei Pope.

Es wäre nicht schwierig, weiter in den 'Hours of Idleness' wenn auch nicht ganze gedichte, so doch viele einzelne stellen aufzufinden, die auf eine nachahmung Pope's hindeuten; aber ein eigentliches durchgreifen des Popeschen einflusses ist in dieser sammlung durch den rivalisierenden Moore's gehindert und daher auch ein verfolgen bis ins kleinliche zwecklos.

Unsere darstellung ist nun zu den zwei satiren gelangt, in denen die sich entfaltende originalität des jugendlichen dichters den einfluss Pope's so weit begrenzt hat, dass er sich nur noch äusserlich in form und reim, nicht aber im inhalt verfolgen lässt, nämlich 'English Bards and · Scotch Reviewers' und 'Waltz'. Bezüglich der letzteren hat diese tatsache nach dem schon über diese satire gesagten nichts befremdendes mehr; sie ist die späteste also auch reifste von Byron's jugenddichtungen und in ihrer eigenartig ironisierenden auffassung politischer vorgänge eher an die spätesten werke des dichters (Don Juan) erinnernd. Auffallend muss es aber erscheinen, dass die der zeit nach zweitälteste von Byron's schöpfungen die bedeutend späteren überrage. Aber so weit auch die beiden bessern satiren in der zeit auseinanderliegen, so viele andere mittelmässige dichtungen auch zwischen sie fallen, die ursache für ihre grössere vorzüglichkeit und originalität ist doch die gleiche und, wie schon im ersten kapitel angedeutet wurde, im charakter Byron's, speciell im temperamente, das alle fähigkeiten und leidenschaften reguliert, in der art und weise, wie er dichtete, zu suchen. Betrachten wir diese letztere etwas näher. Unter gewönlichen umständen betrieb Byron das dichten nicht anders als irgend eine seiner nobeln passionen; reiten, schwimmen, dichten und bibellesen füllten gleichmässig seine zeit aus. Er erwähnt wol öfters seine poesien, aber in der jugendzeit geschieht dies etwa in einer weise, wie andere gentlemen von ihren fuss- und reittouren sprechen; er zählt, wie viel verse er geschrieben, wie diese über die meilen rechnung führen. Seine eigenen worte werden uns den trefflichsten beleg für das gesagte geben. Am 2. august 1807 schreibt er an seine jugendfreundin, Miss Pigot: '*By the by I have written at my intervals of leisure, after two in the morning* 380 *lines in blank verse of Bothworth Field. I shall extend the poem to eight or ten books*'....., und am 26. october desselben jahres: '*I have written* 214 *pages of a novel, one poem of* 380 *lines of Bothworth Field*' u. s. w. Aehnlich machte er es im anfange seiner ersten reise und selbst in späterer zeit noch manchmal, wenn gerade die ihm notwendige auf- und anregung ausblieb. Dass nun ein so nachlässiges dichten nichts vorzügliches hervorbringen könne, liegt auf der hand und findet in der mittelmässigkeit der früher besprochenen dichtungen seine bestätigung. Trat aber die ihm so notwendige — wie auch immer geartete — anregung ein, so entfalteten seine hohen talente sich jederzeit und in gleich hohem grade und dann ist es nur die äussere form der dichtungen, nach deren höherer oder niederer vollendung der unterschied in der zeit der entstehung bestimmt werden kann. So war es auch in diesen zwei fällen; beleidigter stolz und verletzte eitelkeit, dort des dichters, hier des mannes waren die zaubermittel, durch die die schlummernden talente geweckt wurden: der stolz des wahren genies und des lord, sich von unfähigen und bürgerlichen kritikern in den staub gezogen zu sehen, die eitelkeit des sonst bildschönen mannes, an dem gerade fashionable gewordenen walzer wegen eines körperlichen gebrechens nicht teilnehmen zu können.[1]) Wäre nicht die form dieser

---

[1]) Der tanz war Byron überhaupt von jeher verhasst, wie aus den frühesten nachrichten über ihn erhellt. — Uebrigens bin ich weit entfernt, die betonte abneigung als alleiniges motiv zur abfassung des 'Waltz' zu betrachten; ein nicht minder wirksame war sicherlich, der gerade in diesem jahre, 1813, aufs höchste gesteigerte hass gegen französisches wesen, den ja mit Byron auch seine landsleute teilten. Ich

beiden gedichte gleich unfertig und abhängig von Popeschem muster wie die andern, so würden wir hier vor einem schwierigen literarischen rätsel stehen und man ersieht daher, wenn nicht aus andern beispielen, so doch aus dem vorliegenden, wie hoch die formverhältnisse für literarische beurteilung anzuschlagen sind.

III.

Der einfluss Pope's auf den versbau und reim in den jugenddichtungen Byron's sei nun betrachtet.

Wenn es auch gewis ist, dass poetisch begabten personen das ungezwungene und anmutige formen der gedanken in rhythmische verszeilen angeboren ist, so lässt sich doch andrerseits die tatsache nicht bestreiten, dass durch eifriges studium der werke irgend eines dichters, jüngere, wenn auch grössere poeten viele eigentümlichkeiten desselben in sich aufnehmen und auch dauernd behalten. So verhält es sich auch mit Pope und Byron. Kein vorzug, kein reiz ist in Pope's dichtungen zu finden, den ihm nicht Byron abgelauscht und zur zierde seiner eigenen verwendet hätte; von dem festen und doch zierlichen und dem gedanken entsprechenden bau der verse, der vollen melodie des reimes, bis zum gedankenreichen gleichnis, dem anmutigen wortspiel und packenden bonmot — in allem war er ein gelehriger schüler des grossen meisters. Ja, wenn von einer nachahmung von fehlern die rede sein könnte, wir müsten eine solche hier anerkennen, wenn nicht die annahme glaublicher wäre und auch von Byron bestätigt würde, dass manche dieser fehler ihm als nachahmungswürdige vorzüge erschienen seien. Wir werden bei der detaillierten besprechung des reimes darauf zurückkommen; hier sei nur des curiosums

---

wollte nur eben das vorwiegen des persönlichen motivs hervorheben. — Auch soll mit dem obigen nicht gesagt werden, dass vom einflusse Pope's in diesen satiren gar nichts zu finden sei. Abgesehen von der form sind es die häufigen erwähnungen Pope's, das gehässige auftreten gegen Bowles, den verächter Pope's, einzelne bilder wie: *so the struck eagle, heir to my virtues* etc., die uns diesen in erinnerung bringen. Wo aber kein sicherer boden für allgemeinere behauptungen vorhanden ist, erachte ich das eingehen auf kleinigkeiten als nur aufhaltend.

des sechsfüssigen pentameters erwähnt, das bei beiden dichtern
je einmal vorkommt. [1])

Diejenige eigentümlichkeit in Pope's poesien, die wol auch
andre englische dichter mit ihm teilen, die aber keiner derselben gleich aufmerksam und ungezwungen durchgeführt hat
und deren unbestreitbare vorzüge gerade seine versification zur
mustergiltigen machten, ist: knappe, doch stets klare ausdrucks-
weise, unterstützt und gehoben durch den vollendeten einklang
zwischen wort und reim. Kein dichter Englands wuste den
sonst ungefügen heldenvers mit gleicher, kaum selbst mit ähnlicher meisterschaft zu bilden, daher wir das genaue einhalten
der von Pope zwar nie aufgestellten, aber aus seinen poesien
sich ergebenden regeln für den gebrauch dieses verses seitens
Byron's unbedingt auf den einfluss Pope's allein zurückführen
können. Diese regeln sind:

a) kein gedanke darf auf mehr als 6 zeilen ohne ruhepunkt, auf
mehr als 8 zeilen ohne abschluss ausgedehnt werden;

b) der abschluss des gedankens muss mit dem des reimes zusammen-
fallen, daher für gewönlich jeder gedanke in eine gerade zahl von verszeilen geschlossen, wo dies nicht tunlich, aber auch der reim auf die
ungerade zahl von verszeilen (3) ausgedehnt wird; [2])

---

[1]) Pope, Messiah, v. 8: 'A virgin shall conceive, a virgin bear a
son'. Byron, Engl. Bards and Scotch Reviewers:
'That, ere they reach the top fall lumbering back again'.
Ohne gerade behaupten zu wollen, dass Byron hier absichtlich nachgeahmt habe; denn die inhaltslosigkeit des Byronschen satzes im vergleiche zu der prägnanz, die der Popesche besitzt, lässt ihn eher als
lapsus erscheinen. Auffallend ist jedenfalls, dass diese absurda bis heute
lesern wie kritikern entgangen sind, während der Göthesche 7 füssige
hexameter in aller munde lebt.

[2]) Es wäre eine gewagte behauptung, Pope habe den dreireim er-
funden; dass ihn aber kein andrer englischer dichter zu berechtigter
geltung gebracht, ist sicher; denn berechtigt ist dieser aushilfsreim —
nach meiner ansicht — nur wenn er notwendig (d. i. unvermeidlich) ist,
und wenn der gedanke mit ihm auch seinen abschluss findet. Dies geschieht aber nur bei Pope, daher auch der häufige gebrauch dieses dem
heldenverse ungefügen dreiklanges nur bei ihm entschuldigt werden
kann. Ich habe mich die mühe nicht verdriessen lassen, sämmtliche in
Pope's poesien vorkommenden fälle des dreireims zusammenzustellen und
habe in keinem der 74 fälle das fehlen des abschlusses gefunden. Gleich
häufig findet er sich in Congreve's 'Translations'; vereinzelt gebraucht
ihn auch Rogers in den Pleasures of Memory. Falsch ist jedenfalls die behauptung, die unter andern Deetz aufstellt, dieser reim sei eine eigen-

c) gegensätze, widersprüche und vergleiche sollen in je einzelne verszeilen oder paare gefasst sein — eine für characterschilderungen hochwichtige norm.

Dem stricten einhalten dieser regeln hatte Pope den beinamen reimefürst, der befolgung derselben Byron die günstige aufnahme seiner unreifen dichtungen zu verdanken. Um aber auch den gleichfalls nicht zu unterschätzenden einfluss Moore's und Scott's zu würdigen, sei bemerkt, dass in bezug auf die form der Mooresche sich auf die lyrischen kleinigkeiten in den 'Hours of Idleness' beschränkt, der Scottsche erst später zu tage tritt; von dem zerrissenen, durch gedankenstriche, ausrufe, parenthesen etc. unterbrochenen aufbau des heldenverses bei Moore ist nirgends auch nur ein anklang bei Byron zu finden; andrerseits vermied er für grössere dichtungen in seiner jugend den später mit gleicher vorliebe gebrauchten vierfüssigen jambus, bekanntlich der lieblingsvers Scott's.

Beispiele und beweise für die soeben angeführten regeln und behauptungen finden sich auf jeder seite der genannten dichter; so weit es geht, werden wir daher sämmtliche jugenddichtungen Byrons mit vorangestelltem Popeschen muster berücksichtigen:

ad a) für den versbau im allgemeinen.

Pope, Essay on Man, ep. III vs. 27—42:
'Has God, thou fool, work'd solely for thy good,
Thy joy, thy pastime, thy attire, thy food?
Who for thy table feeds the wanton fawn,
For him as kindly spread the flow'ry lawn:
Is it for thee the lark ascends and sings?
Joy tunes his voice, joy elevates his wings.

---

tümlichkeit der englischen versification; denn als solche müste sie von allen, oder doch den meisten englischen dichtern anerkannt und gebildet werden, und dann ist ja auch nicht bewiesen, dass nicht andre sprachen dieselbe teilen. Ebenso muss der versuch von Deetz ihn im deutschen nachzuahmen als ein verunglückter bezeichnet werden:

Wenn erst der hengst einsieht, warum ihn jetzt
der mensch anhält, dann über gräben setzt,
der ochse erst, warum er abgehetzt
den acker stampfen muss in schwerem trott u. s. f.

Hier ist der rhythmus eher geschädigt als gefördert; stimme und ohr suchen bei 'abgehetzt' den ruhepunkt, werden aber statt dessen durch eine weitere periode abgehetzt. Aehnliche schlechte dreireime finden wir bei Scott im Marmion.

Is it for thee the linnet pours his throat?
Loves of his own and raptures swell the note.
The bounding steed you pompously bestride,
Shares with his lord the pleasure and the pride.
Is thine alone the seed, that strews the plain?
The birds of heav'n shall vindicate their grain.
Thine the full harvest of the golden year?
Part pays, and justly, the deserving steer:
The hog, that ploughs not, nor obeys thy call,
Lives on the labours of this lord of all.'

Byron, Hints from Horace 145—150:

'If banish'd Romeo feign'd nor sigh, nor tear,
Lull'd by his languor, I should sleep or sneer.
Sad words, no doubt, become a serious face,
And men look angry in the proper place.
At double meanings folks seem wondrous sly,
And sentiment prescribes a pensive eye.'

Curse of Minerva 303—312:

'Say with what eye along the distant down
Would flying burghers mark the blazing town?
How view the column of ascending flames
Shake his red shadow o'er the startled Thames?
Nay, frown not, Albion! for the torch was thine
That lit such pyres from Tagus to the Rhine:
Now should they burst on thy devoted coast,
Go, ask thy bosom who deserves them most.
The law of heaven and earth is life for life,
And she who raised, in vain regrets, the strife.'

Hours of Idleness: Childish Recollections 209—218:

'Yet why should I alone with such delight
Retrace the circuit of my former flight?
Is there no cause beyond the common claim
Endear'd to all in childhood's very name?
Ah! sure some stronger impulse vibrates here,
Which whispers friendship will be doubly dear
To one who thus for kindred hearts must roam,
And seek abroad the love denied at home.
Those hearts, dear Ida, have I found in thee —
A home, a world, a paradise to me.'

English Bards and Scotch Reviewers 833—840

'Unhappy White! while life was in its spring,
And thy young muse just waved her joyous wing,
The spoiler swept that soaring lyre away,
Which else had sounded an immortal lay.
Oh! what a noble heart was here undone,
When Science self destroy'd her favourite son!

Yes, she too much indulged thy fond pursuit,
She sow'd the seeds, but death has reap'd the fruit.'

Waltz, 11. absatz:

'Shades of those belles whose reign began of yore,
With George the Third's — and ended long before!
Though in your daughters' daughters yet you thrive,
Burst from your lead, and be yourselves alive!
Back to the ballroom speed your spectred host,
Fool's paradise is dull to that you lost.'

ad b) Für den Dreireim:

Pope, Essay on Criticism, v. 313—317:

'The face of nature we no more survey,
All glares alike, without distinction gay:
But true expression, like th' unchanging sun,
Clears and improves whate'er it shines upon;
It gilds all objects, but it alters none'.

Byron, English Bards and Scotch Reviewers, v. 684.

'While none but menials o'er the bed of death,
Wash thy red wounds, or watch thy wavering breath,
Traduced by liars and forgot by all,
The mangled victim of a drunken brawl,
To live like Clodius, and like Falkland fall'.

Pope, January and May[1]) (Chaucer, the marchaundes tale)

'And now the palace-gates are open'd wide
The guests appear in order, side by side,
And plac'd in state, the bridegroom and the bride'. v. 315 ff.

Byron, ebend. v. 417—419:

'Smooth, solid monuments of mental pain!
The petrifactions of a plodding brain,
That, ere they reach the top, fall lumbering back again.

ad c) Pope, Essay an Criticism, v. 631—642:

'But where's the man, who counsel can bestow,
Still pleas'd to teach, and yet not proud to know?
Unbiass'd, or by favour, or by spite;
Not dully preposses'd, not blindly right;
Though learned, well-bred; and though well-bred, sincere;
Modestly bold, and humanly severe;
Who to a friend his faults can freely show,
And gladly praise the merit of a foe?

---

[1]) Bei Chaucer ist von dieser art des reimes noch nichts zu finden;
die stelle im original lautet, v. 465:

'Thus ben thay weddid with solempnite
And atte fest sittith he and sche,
With othir worthy folk upon the deys

Blest with a taste exact, yet unconfin'd;
A knowledge both of books and human kind;
Gen'rous converse; a soul exempt from pride;
And love to praise with reason on his side?'

Byron, Hints from Horace, v. 495—504:
He who has learn'd the duty which he owes
To friends and country, and to pardon foes;
Who models his deportment as may best
Accord with brother, sire, or stranger guest;
Who takes our laws and worship as they are,
Nor roars reform for senate, church, and bar;
In practice, rather than loud precept, wise,
Bids not his tongue, but heart philosofise:
Such is the man the poet should rehearse,
As joint exemplar of his life and verse.' [1]

Die wenigen aus der flut von beispielen hier hervorgehobenen stellen geben allein schon hinreichenden beleg für den einfluss Pope's auch in formeller hinsicht; vervollständigen wir den beweis durch eine übersicht der reimverhältnisse beider dichter.

Die schönheit des reimes gehört mit zu dem, das minder nach seinen vorzügen als nach seinen fehlern beurteilt und geschätzt werden kann; denn jene sind zu sehr allgemeiner, undefinierbarer art, als dass sie durch beispiele erläutert, zu sehr allen grossen dichtern eigen, als dass sie bei einzelnen ins auge fallen könnten. Die mängel des reimes hingegen sind mehr fassbarer natur, positiv wichtig, weil sie die basis zu einem vergleiche darbieten, negativ, weil ihre abwesenheit oder seltenes vorkommen mit zu den bedingungen der schönheit des reimes gehört. Um daher den einfluss Pope's auch speciell auf den reim bei Byron nachzuweisen, werden wir uns auf einen vergleich der sich bei ihnen vorfindenden härten im reime beschränken müssen. Einen hauptvorzug des reimes, die conformität mit dem gedankengauge, haben wir übrigens schon berücksichtigt; die andern ergeben sich nur aus der lectüre und kann dieselben keine beschreibung versinnlichen.

Byron's jugendschriften umfassen etwa 3900 verse, von denen alle bis auf etwa 1300 im fünffüssigen gereimten jambus

---

[1] Mit vorbedacht sind gerade diese stellen aus den 'Hints from Horace' und dem 'Essay on Criticism' gewählt worden, um einen weitern beleg für die nachahmung der erstern in inhalt und form zugleich zu liefern.

gehalten sind. Die zahl der härten im reime beläuft sich
auf 76; das verhältnis ist also kein ungünstiges, wenn es auch
gegen Pope und Scott zurücksteht. [1] Die folgende zusammen-
stellung der in den jugendschriften Byron's vorkommenden
härten wird mit rücksichtnahme auf die in Pope's sämmtlichen
dichtungen enthaltenen uns klar zeigen, dass ein öfteres prae-
cedens bei diesem für Byron zum motiv wurde, jene härten
als berechtigte reime anzusehen:

a) leichtere härten im reime:

love auf *move, prove* u. ähnliche 12 mal

            65 mal bei Pope.
gloom, doom, tomb auf *Rome, dome* 5 mal

            5 mal bei Pope
come auf *bloom, doom*   3 mal bei Pope.
impede auf *misled*
blood auf *stood* 3 mal

   auf *stood, could, wood, good, imbued* 9 mal bei Pope.
death auf *wreath, beneath*

   auf *breathe* bei Pope.
there, where auf *fear, sincere*

   there auf *here* bei Pope.
breast auf *ceased*

   auf *feast, east* u. ä. 3 mal bei Pope.
found auf *wound (= wunde)* 1 mal bei Pope.
now auf *low* 1 mal bei Pope.
women auf *foemen.*
ass auf *was*
canals auf *calls*
evil auf *devil* 7 mal bei Pope.
Moore auf *ore, yore, restore* 3 mal bei Pope.
sun, run, shun auf *one, upon, done* 4 mal bei Pope u. ä.
given auf *heaven* 10 mal.

   given, driven auf *heaven* 19 mal bei Pope.
soars auf *bowers*
goes auf *expose, prose*
ought auf *fault*

   ought, thought auf *fault* 6 mal bei Pope.
beaux auf *toes, those* auf *rose* 2 mal bei Pope.
quiet auf *riot.*

---

[1] Pope's sämmtliche dichtungen belaufen sich auf etwa 15000 verse;
in diesen kommen 209 härten im reime vor; also eine auf 73, bei Byron
(jugendschriften) auf 51, bei Scott (doch sind hier nur folgende berücksichtigt: Marmion, The last minstrel, The lady of the lake) auf 60 verse.

clerk auf *ark*; auf *spark* bei Pope[1])
spirit auf *bear it*
mournes auf *returnes;* besonders häufig bei Pope.[2])
blest auf *list.*
round auf *wounds*
prevail auf *Baal.*

b) auffallende härten:

embrace auf *peace*
barren auf *warring*
hearth auf *mirth*
foreboding auf *Culloden*   sämmtliche in den 'Hours of Idleness'.
green auf *shrink*
wild auf *ground*   reim kann dies überhaupt gar nicht mehr ge-
pole auf *storm*   nannt werden.
essay auf *run!!!*

Zum schlusse sei noch erwähnt, dass Byron in einem schreiben an lord Holland vom 29. october 1812, selbst eines praecedenzfalles bei Pope als rechtfertigung für einen schlechten reim erwähnt.

Endlich sei noch über den gebrauch von wortspielen bei beiden dichtern gesprochen. Wie allen grossen poeten ist ihnen die beabsichtigte wortmalerei fremd; wo ein wortspiel vorkommt, ist es gewöhnlich aus naheliegenden begriffen gebildet: *less* und *least; last* und *least; hard, hart* und *heart; hover'd, o'er; stings* und *stinks; Whig* und *wig* (ein allgemein beliebtes wortspiel). Bei Byron allein: *and beer undrawn and beards immown; immeasurable measures; lawless law; love* und *leaf.* In zwei fällen verfiel er dennoch in die lautmalerei: das eine mal in den 'English Bards and Scotch Reviewers', v. 317—320.

> *'Triumphant first see 'Temper's triumphs' shine!*
> *At least I'm sure, they thriumph'd over mine.*
> *Of 'Music triumphs' all who read may swear*
> *That luckless music never triumph'd there.'*

und dann im bekannten epitaph auf John Adam (in manchen ausgaben den Hours of Idleness beigefügt, in andern nicht); aber *'exceptio firmat regulam'.* Ungewönliche grammatische formen sind bei beiden gleich selten: *writ* neben *written,*

---

[1]) Trotzdem jetzt die aussprache *clark* als die vorzüglichere gilt, kann nach dem historischen verlaufe doch wol nicht angenommen werden, dass zu Pope's und Byron's zeit anders als *clerk* gesprochen wurde. Vgl. Koch, hist. gr. I p. 86.

[2]) Durcheinander: *adorn, mourn, return, borne, burne* etc.

spake und *spoke, gave* statt *give* (imperativ); speciell bei Byron
sprite für *spirit*[1]) sowol in der bedeutung *animus* als 'gespenst'
agen statt *again,* sind die einzigen, ohnehin durch den sprach-
gebrauch gerechtfertigten eigentümlichkeiten. Auch im ge-
brauche des conjunctivs weichen Pope wie Byron selten von
der klassischen prosa ihrer zeit ab.

IV.

Wir gelangen nun zum zweiten hauptteile unserer beweisführung, wie Byron selbst über Pope urteilt, und da braucht
es wol nicht erst hervorgehoben zu werden, dass dieser teil dem
ersten an bedeutung nicht nachsteht. Wenn von den werken
Byron's nichts erhalten wäre, als seine briefe, wir müsten aus
diesen allein einen schluss auf den hohen einfluss, den Pope
auf Byron übte, ziehen können; und wollten wir wieder nur
aus den zahlreichen stellen über, und citate aus Pope ent-
nehmen, unser urteil würde auch nicht anders lauten.

Es ist oft und viel von dem unstäten temperament Byron's
gesprochen worden und ein einblick in sein leben und handeln,
schaffen und urteilen bestätigt es. Wie ein kind jetzt nach
dem spielzeuge hascht, um es im nächsten augenblicke fallen
zu lassen, so rasch und unberechenbar änderten sich seine
entschlüsse und ansichten: heute nennt er die romanze 'flimsy',
den nächsten tag verherlicht er sie in glühenden versen;
heute wundert er sich über die vorzüglichkeit seiner jugend-
werke, gleich darauf verbietet er den weiterdruck der 'English
Bards and Scotch Reviewers', da sie ihm nicht einmal in poe-
tischer hinsicht genügten; er greift schonungslos dichterische
zeitgenossen an, um sie kurz darauf über sich zu stellen.
Nur in einem war er beständig, in der verehrung für Pope!

Ihm ist Pope der inbegriff aller dichterischen und der
meisten menschlichen vorzüge; von jenen hebt er hervor seine
einbildungskraft, originalität, mängellosigkeit, entzückende
schreibweise, verfeinerte sprache, endlich seine unerreichbare
meisterschaft in kritischer und idyllischer dichtung; von diesen
seine unparteilichkeit, fleckenlose unbescholtenheit, auch (und
das sehr mit unrecht) seine neidlosigkeit; er stellt ihn geradezu

---

[1]) Aehnlich wie Spenser nur *spright* und *sprite*, aber kein *spirit*
kennt, z. b. Faer. Q. I, I. 38, 40, 43 etc.

über Shakespeare, indem er ihn den dichter eines jahrtausends, seine dichtungen das wertvollste kleinod der englischen litteratur nennt, übertreibungen, die wir hinsichtlich des letzteren poeten, des abgotts seiner und unserer zeit, nicht bei ihm vorfinden. Und diese begeisterung gehört — wie schon angedeutet — nicht etwa der zur schwärmerei geneigten jugendzeit Byron's allein an, im gegenteil, je älter er wird, desto mehr nimmt sie zu. Wir werden am besten diese überzeugung aus den chronologisch geordneten äusserungen Byron's in den verschiedenen perioden seines lebens und seiner dichtungen gewinnen.

In der zeit von 1807—1811, in welche gröstenteils seine jugendschöpfungen fallen, finden wir sporadisch bald diesen, bald jenen von Pope's vorzügen hervorgehoben: a) in den English Bards (und noten zu diesen): 'besser irren mit Pope, als glänzen mit Pye. — Es war eine zeit.... als Pope's reiner gesang die hingerissene seele zu entzücken suchte, und wie gelang es ihm! — Wenn Pope, dessen ruhm und genie zuerst die besten kritiker überwand, des schlechtesten bedarf.... — Der gröste dichter war doch nur ein mann! — Dies glänzende, doch böswillige genie (die einzige abfällige, doch nicht ernst gemeinte äusserung). — So sagt Pope. Amen! — b) in den 'Hints': 'wer kann hoffen, Pope's jugendliche eclogen zu erreichen? — Der verfeinerer der sprache. — Ein besserer dichter als Boileau.'

Von 1811—1821 steigert sich die begeisterung Byron's für Pope immer mehr und in dem letzten jahre beginnt er einen förmlichen feldzug gegen dessen angreifer: am 27. sept. 1812[1]): 'Es gibt nur zwei anständige prologe in unsrer sprache, der Pope's zu Cato und.....' Am 15. september 1817 (an Murray): 'In bezug auf poesie im allgemeinen, bin ich, je mehr ich darüber nachdenke, um so überzeugter, dass Scott und wir andern gleich im unrechte sind. Noch mehr wurde ich in dieser überzeugung bestärkt, als ich letzthin einige unserer classiker durchging und zwar besonders Pope. Ich nahm Moore's gedichte, die meinen und die einiger anderen, ging sie seite für seite durch, und war wirklich erstaunt, (ich hätte es eigentlich nicht sein sollen) und gekränkt über den

---

[1]) An lord Holland. — Die citate sind gekürzt.

ungeheuern unterschied, was sowol inhalt, harmonie, wirkung, als sogar einbildungs- und erfindungskraft und leidenschaft betrifft, zwischen dem manne aus der zeit der kleinen königin Anna und uns.' — Im ersten und dritten gesange des Don Juan, die in diese zeit fallen, finden wir (I, 205; II, 100) Pope mit Dryden verglichen[1]). Am 6. april 1819 (an Murray): 'Hodgson tut ganz recht, Pope gegen diese[2]) bastard-pelicane des poetischen wintertages zu verteidigen, die zu ihrem vatermorde noch beleidigungen hinzufügen, erst das blut aussaugen dem vater der wirklichen englischen poesie — einer poesie ohne mängel — und dann gegen den busen ausschlagen, der sie genährt.' — Am 29. märz 1820.[3]) — Am 4. november 1820[4]): 'diese elenden marktschreier des tages, die poeten entehren sich selbst und verleugnen sich selbst, indem sie Pope herabsetzen, den fehlerlosesten unter den dichtern, ja vielleicht unter den menschen!' — In den februar und märz des nächsten jahres (1821) fallen die angedeuteten streitschriften für Pope und zwar gegen die 'Strictures on the life and writings of Pope' von W. L. Bowles gerichtet. Sie enthalten für uns nichts neues mehr; daher mögen nur die auffallendsten stellen aus ihnen hier platz finden. Vom 7. februar 1821: 'war sogar Addison oder Rowe oder Young oder sogar Otway und Southerne auch nur für einen augenblick zu gleichem ansehen wie Pope erhoben in der achtung des lesers oder kritikers vor und nach seinem tode? — Seine moral ist ebenso rein, als seine poesie ruhmvoll. — Ich liebte und ehrte den ruhm und den namen dieses berühmten und unerreichten mannes weit mehr, als meinen eigenen unbedeutenden ruf und das unnütze geklingel der schulen und emporkömmlinge, welche ihn zu erreichen, ja zu übertreffen behaupten. — Kein schlechteres zeichen für den geschmack einer zeit als die herabsetzung Pope's. — Er ist der moraldichter aller civilisation und als solcher, hoffen wir, eines tages der nationaldichter der menschheit. Er ist der einzige dichter, der nie anstössig wird, dem seine tadellosigkeit sogar zum vorwurf gemacht wurde.'

---

[1]) Ein sehr zweifelhaftes lob, in unseren augen! aber Byron und auch Pope hielten Dryden sehr hoch.

[2]) Bowles und genossen.

[3]) An Murray; enthält nichts neues.

[4]) An denselben.

Vom 25. märz: 'Pope war der vorzügliche erfinder der modernen gärtnerei, dieses stolzes der Engländer. — Weder[1]) zeit, noch entfernung, noch alter können jemals meine verehrung für denjenigen verringern, der der gröste moraldichter aller zeiten, aller himmelsstriche, aller gefühle und phasen menschlicher existenz gewesen ist. Das entzücken meines jünglingsalters, das studium meiner mannesjahre, wird er (falls es mir vergönnt ist, es zu erreichen) der trost meines greisenalters sein. Seine dichtungen sind ein buch des lebens. Ohne religion zu predigen und doch auch ohne sie zu vernachlässigen, hat er alles, was ein grosser und guter mann an moralischer weisheit auffinden kann, zusammengestellt und in vollendeter schönheit zur darstellung gebracht...... Solch ein poet von tausend jahren war Pope, und tausend jahre werden dahinrollen, bis ein zweiter in unserer litteratur erwartet werden darf. Aber sie kann sie entbehren: er ist selbst eine litteratur!

In einem briefe aus demselben monate findet sich noch folgende stelle: 'Ich will mehr phantasie in zwanzig zeilen von Pope, als in irgend einem gleich langen citate aus englischer poesie zeigen, und das an stellen, wo sie am wenigsten zu erwarten ist.' Noch in der spätesten zeit des Byronschen schaffens, in den letzten gesängen des Don Juan (IX, 68; XIII, 53; XVI, 47) finden wir bald äusserungen über, bald citate aus Pope.

———————

Mit dem letzten kapitel ist der beweis für unsere behauptung: ein einfluss der Popeschen poesie auf die jugenddichtungen Byron's bestehe und übertreffe den andrer hervorragenden dichter, geschlossen. Aus den werken und worten Byron's haben wir unsere beweismittel zusammengestellt, ohne rücksicht auf fremde meinung, die bei den litterarhistorikern unsrer zeit um so mehr schwankt, als nur wenige über ein oberflächliches urteil hinausgegangen sind. Originalität ist das schlagwort, hinter dem sich in den meisten fällen die unkenntnis der Byronschen dichtungen verbirgt. Ja, Byron war originell, vielleicht das originellste genie, das die erde getragen, und

———————

[1]) Die übersetzung dieser stelle ist nach Deetz wiedergegeben. Das datum verlegt Deetz irrtümlicherweise in das jahr 1820.

daher mögen auch die dichtungen, deren held seine eigene person ist, hoch originell sein; aber in wie vielen ist das nicht der fall?! Betreffs der jugenddichtungen hoffen wir diese frage ausreichend beantwortet zu haben; für die andern steht sie noch offen.